—  Für alle Freundinnen und Freunde, die mich gedrängt haben, meine Erlebnisse in ein Buch zu packen – das habt ihr nun davon.

Stefan Merten

# Aus der Bahn

**Erlebnisse mit und aus einem Verkehrs-
mittel, das nicht immer gut ankommt**

© 2020 Stefan Merten

Umschlag, Illustration: tredition Verlag, Stefan Merten
Fotos: Stefan Merten
Lektorat, Korrektorat: Katja Henkel

Verlag & Druck: tredition GmbH, Halenreie 40-44, 22359 Hamburg

ISBN
Paperback          978-3-347-00695-9
Hardcover          978-3-347-00696-6
e-Book             978-3-347-00697-3

Bibliografische Information der Deutschen Nationalbibliothek:
Die Deutsche Nationalbibliothek verzeichnet diese Publikation in der
Deutschen Nationalbibliografie; Detaillierte bibliografische Daten sind
im Internet über http://dnb.d-nb.de abrufbar.

# Inhaltsverzeichnis

# Vorwort

Bahnerlebnisse hat wohl jeder, der öfter mit diesem Verkehrsmittel unterwegs ist. Mal sind sie lustig, mal ärgerlich, nervend, mal machen sie nachdenklich.

Ich fahre gerne mit der Bahn – ernsthaft! Trotz aller negativen Erfahrungen halte ich die Bahn (auch die Deutsche Bahn) für ein gutes Mittel, um von A nach B zu kommen. Oft sogar ganz entspannt. Manchmal halt auch nicht.

»Erlebnisse mit und aus einem Verkehrsmittel, das nicht immer gut ankommt.«

Der doppeldeutige Untertitel ist etwas provokativ – ich denke, er stimmt trotzdem. Die Deutsche Bahn wäre ja nicht die Deutsche Bahn, wenn sie sich nicht (unfreiwillig) ein paar Extras hätte einfallen lassen, mit denen sie uns – ihre Fahr-»Gäste« – während der Fahrt »entertained«. Dabei spreche ich nicht vom digitalen Bordunterhaltungsprogramm (wenn das WLAN denn mal unterbrechungsfrei läuft, was ja auch so eine Sache für sich ist). Ich denke eher an ein ... ähm... nennen wir es »aktives

Unterhaltungsprogramm«, in das auch die Bahnkunden durch eigene Aktionen eingebunden werden. Der neueste Schrei quasi, Bahn 2.0. Dass das
Ganze auf Kundenseite allerdings viel mit Masochis-
mus zu tun hat, vergisst die Konzernleitung der
Deutsche Bahn Gruppe gerne zu erwähnen. Vielleicht ist es ihr auch egal.

Dazu kommt dann noch etwas anderes, nämlich
das Eigenleben der Bahnkunden. Nicht, dass diese
dankbar sind, dass es ein Verkehrsmittel gibt, das sie
von A nach B bringt (Anmerkung: wenn alles gut
geht, vielleicht sogar pünktlich). Nein, diese machen
an Bord von ICE & Co. oft auch noch eine Art Impro-
visationstheater, teilweise sogar vom Allerfeinsten.

Von diesen beiden Arten der Fahrgästeunterhal-
tung handelt dieses kleine Buch. Die Geschichten
habe ich während meiner (beruflich und privat häufig bedingten) Bahnfahrten aufgeschrieben und teilweise auch je nach Situation und Zeit in meinem pri-
vaten Facebook-Account veröffentlicht.

Eines ist mir ganz wichtig: Der auch in diesem
Buch mit Sicherheit gut durchscheinende Frust rich-
tet sich gegen die Konzernleitung der Deutsche
Bahn Gruppe. Die hat ihren Laden seit Umwandlung
in eine Aktiengesellschaft (bzw. einen ganzen Hau-
fen davon) ganz offensichtlich nicht im Griff. Vor

lauter Globalisierungswahn, Börsenfieber und Spar-wut wurde die Deutsche Bahn in den letzten Jahr-zehnten heruntergewirtschaftet. Kundenorientie-rung? Nicht auf oberster Ebene.

Mein Dank und Respekt gehen an alle Mitarbei-terinnen und Mitarbeiter der Bahn, die sich jeden Tag für ihre Kundschaft die Beine ausreißen. Die, die »ihre« Bahn lieben und voll und ganz hinter ihr ste-hen.

Selbstverständlich sind alle Situationen aus Grün-den des Daten- und Persönlichkeitsschutzes so be-schrieben, dass ein Rückschluss auf Beteiligte nicht möglich ist. Falls Sie sich dennoch als »Beteiligte/r« wiedererkennen – viel Spaß beim Lesen.

Bergisch Gladbach, im März 2020

Stefan Merten

# Bahnsteigroulette

E igentlich ist das System ja sehr einfach: Ich möchte natürlich wissen, wie mein Zug fährt – um welche Uhrzeit, an welchem Bahnhof, auf welchem Bahnsteig. Wenn ich vorab einen Sitzplatz reserviert habe, ist auch die Information hilfreich, wo mein Waggon am Bahnsteig halten wird, damit ich nicht quer durch den ganzen Zug laufen muss (was vor allem bei einem zweiteiligen ICE schwierig werden kann). Beispiel: Mein Sitzplatz befindet sich in Wagen 27, ich aber steige in Wagen 31 ein. Vier Wagen – da werde ich ja wohl hinkommen. Was ich als Gelegenheitsreisender eher nicht weiß: Die Wagen 21 bis 27 befinden sich in einem Zugteil, die Wagen 31 bis 37 in einem anderen. Dazu kommt, dass die Bahn ihre Reihenfolge oft genau anders herum plant als die Logik es hergeben würde: Ganz vorne ist Wagen 37, danach 36, bis runter zur 31. Dann kommt der nächste Zugteil, beginnend mit 27 bis runter zur 21. Was fehlt zwischen den Zugteilen? Richtig, eine begehbare Verbindung. Also, raus aus dem Zug, laufen, rein in den Zug.

Bereits zu Zeiten der Bundesbahn hat sich das Bundesunternehmen frühzeitig auf diese Kundenwünsche eingestellt: Schon vor vielen Jahrzehnten gab es in den Bahnhöfen Fahrplanaushänge und Anzeigentafeln, die anzeigen, auf welchem Bahnsteig der gewünschte Zug zu finden ist. Auf den Bahnsteigen gibt es dann so genannte »Wagenstandanzeiger«, in denen man sehen kann, wo ungefähr der eigene Waggon zu finden sein wird. In Zeiten der Digitalisierung finden sich diese Informationen auch in der Smartphone-App der DB.

Die Deutsche Bahn aber hat sich inzwischen wohl gedacht, dass Routine langweilig ist und ihre Kundschaft sicherlich viel mehr auf Abenteuer aus ist.

Genau deshalb spielt sie recht häufig Bahnsteigroulette. Dabei werden zum Beispiel die Bahnsteige neu ausgewürfelt, von denen mein Zug abfährt, die Wagenreihenfolge neu ausgelost, damit ich den Bahnsteig zum Joggen nutzen kann, oder aber gleich der ganze Bahnhof weggelassen. Ja, ernsthaft: Ich habe es schon mehrfach erlebt, dass mein Zug plötzlich nicht mehr ab Köln Hauptbahnhof, sondern vom Bahnhof Köln-Deutz (auf der anderen Rheinseite) abgefahren ist. Gleiches auch in Frankfurt (ersetze Hauptbahnhof durch Flughafen oder umgekehrt), oder in Hamburg-Altona (Abfahrt ab Hauptbahnhof).

Bei allen digitalen Angeboten, eines bedarf übrigens immer noch der Papierform: Wer einen Antrag auf Entschädigung wegen Verspätung oder Zugausfall stellen will, muss immer noch ein Formular ausfüllen oder ausdrucken und per Post einsenden oder abgeben. Einige Startups haben sich inzwischen darauf spezialisiert, dabei zu unterstützen.

Ich denke, sie dürften genug zu tun haben.

# Die Bahn würfelt mal wieder

I ch komme leicht abgehetzt am Kölner Hauptbahnhof an. Nicht, dass *ich* mich verspätet hätte
- aber meine S-Bahn fährt mit deutlicher Verzö-
gerung auf Gleis 11 ein. Mein ICE fährt in 7 Minuten
- auf Gleis 3.

Ich stürme also aus dem Zug, dränge mich durch
die Menschenmassen und eile zum Gleis 3. Laut
Bahn-App fährt mein Wagen 12 im Gleisabschnitt A
ab - das werde ich wohl schaffen.

Kaum bin ich aber auf dem richtigen Gleis und im
vermeintlich richtigen Abschnitt - eine Minute vor
Abfahrt - vermisse ich meinen Wagen. Wagen 10,
Wagen 11, Wagen 14. Egal, erst mal rein und drin-
nen schauen.

Der ICE ist rappelvoll. Alle Sitzplätze sind belegt,
in den Gängen und an den Türen stehen weitere
Reisende. Ein Zugbegleiter kommt mir entgegen,
ich halte ihn auf und frage ihn nach Wagen 12. Er
schaut mich entgeistert an.

»Ja, wo soll er schon sein?« fragt er mich. »Vor
Wagen 11, hier ist Wagen 10.«

»Da ist er eben nicht, sonst würde ich ja nicht fragen«, entgegne ich. Er schaut mich kurz an und zeigt dann in Fahrtrichtung.

»Folgen Sie mir.«

Er geht voran, wir kämpfen uns durch Wagen 11 und die verstopfte Verbindung zum nächsten Wagen – 14 steht auf der Anzeige.

»Sehen Sie,« sage ich, »kein Wagen 12.«

Er lacht kurz auf und schüttelt den Kopf.

»Nein, nein«, sagt er. »Das hier ist Wagen 12. Die Anzeige spinnt. Wir haben keinen Wagen 14.«

Ich bin verwirrt. Das habe ich allerdings auch noch nicht erlebt. Er fragt nach meiner Sitzplatznummer und mein belegter Sitz wird kurzerhand freigemacht.

Kurzes Dankeschön an den Zugbegleiter, ich breite mich auf meinem Platz aus, dann höre ich die Durchsage:

*»Sehr geehrte Fahrgäste, bitte beachten Sie: Wagen 14 ist heute Wagen 12, Wagen 14 führen wir heute gar nicht mit. Wagen 9 steht vor Wagen 8, nicht dahinter. Wir wünschen Ihnen eine gute Reise mit der Deutschen Bahn.«*

Die Londoner Busse werden also von der Deutschen Bahn gefahren. Mich wundert, warum sie dann meistens pünktlich sind?! 😜

# Das Bordrestaurant: Lotto mal anders

V or allem bei langen Bahnreisen nutze ich gerne auch mal das Bordrestaurant. Vorausgesetzt natürlich, ich finde dort überhaupt einen Platz, was in vollen Zügen manchmal etwas dauern kann. In der 1. Klasse gibt es sogar Service am Platz, aber das ist noch mal ein Kapitel für sich.

Eigentlich ist das Konzept ja ganz einfach: Im Bordrestaurant gibt es eine eigene, kleine Küche, in der vorbereitete Speisen teils aufgewärmt und dann serviert werden (»Convenience«), ansonsten kalte und warme Getränke und kleine Snacks.

Das mit den kalten und warmen Getränken allerdings kriegt die Bahn nicht immer so gut hin. Das liegt nicht an fehlender Kompetenz oder mangelndem Engagement des Servicepersonals. Ich weiß gar nicht, wie oft die Mitarbeiterinnen und Mitarbeiter mir bei meiner Bestellung oder beim Servieren mit zerknirschtem Blick mitteilen mussten, dass die Cola Zero heute leider warm und der Kaffee leider eher kalt sind, weil Kühlschrank und/oder Kaffeemaschine mal wieder nicht oder nicht richtig funktionierten.

Ich bewundere immer wieder, wie freundlich und höflich die Servicemitarbeitenden bleiben, denn was der eine oder andere Gast da schon in meiner Gegenwart rausgehauen hat, geht teilweise bis unter die Gürtellinie. Die Vorwürfe »inkompetent« und »nur zu faul« sind da noch die harmloseren Varianten.

Ganz klar: Es kann immer mal was kaputt gehen oder nicht funktionieren und je kleiner die Küche, desto schwieriger wird's. Dafür aber das Servicepersonal rund zu machen, vor allem, wenn dies sich wirklich Mühe gibt und freundlich ist, geht gar nicht.

Was die Technik angeht, scheint das Problem aber symptomatisch zu sein. Auch im Ausland fahre ich häufiger mit der Bahn. Diese häufigen Ausfälle kenne ich von dort nicht.

Mir kommt das Ganze ein bisschen vor wie Lotto: Wenn ich in den ICE einsteige, weiß ich nie, was mich erwartet. Das gilt auch für Bordrestaurant und Bordbistro: Haben wir heute was dabei? Ist es offen? Gibt's was zu essen oder auch nicht?

# Mensch & Service: Ein Negativbeispiel

M anchmal allerdings läuft's dann auch organisatorisch unrund, so bei mir bei einer Fahrt im ICE von Fulda nach Berlin. Es ist frühmorgens und ich freue mich auf das Frühstück im Bordrestaurant. Das ist erstaunlich leer – bis auf einen zeitungslesenden Gast am anderen Ende bin ich allein.

Mein Frühstück habe ich in der Karte schnell gefunden, jetzt warte ich auf die Bedienung. Aus Richtung Küche: Stille. Auch sonst: Alles ruhig. Ich warte. Es ist ja noch früh.

In die aktuelle Tageszeitung auf meinem Tablet vertieft vergeht die Zeit. Ein Blick auf die Uhr: Ich sitze jetzt knappe zehn Minuten hier. Niemand ist aufgetaucht. Na ja, vielleicht irgendwelche Probleme, das kann vorkommen. Ich bin ja auch nicht auf der Flucht.

Weitere knapp zehn Minuten später dann ein Gesicht im Gang neben der Küche. Ich hebe die Hand, signalisiere, dass ich etwas bestellen möchte. Der Bahner dreht sich um und geht wieder. Hmm. Ein

Gefühl wie im Baumarkt: In Deckung, Kunde droht mit Auftrag.

Wieder vergehen einige Minuten, dann kommt der Servicemitarbeiter durch den Speisewagen. Ich spreche ihn an.

»Guten Morgen«, sage ich. »Ich möchte gerne etwas bestellen.«

Ich weiß nicht recht, wie ich den Blick des Bahners deuten soll: Unwillig, genervt?

»Ich weiß nicht, ob die Küche schon bereit ist. Es ist noch früh.«

Ich lächle.

»Na, das lässt sich doch bestimmt rauskriegen. Ich hätte gerne das französische Frühstück und dazu bitte einen Kaffee.«

Der Bahner grummelt etwas, dreht sich um und geht in Richtung Küche. Ist da jemand mit dem falschen Fuß aufgestanden?

Kurze Zeit später kommt er zurück, stellt mir wortlos die Tasse hin und geht wieder. Ich muss zugeben, dass ich das so noch nicht erlebt habe. Egal, ob Zugbegleiter oder Servicepersonal im Bordrestaurant, die allermeisten habe ich stets als sehr freundlich, hilfsbereit und zuvorkommend kennengelernt. Menschen, die oftmals trotz aller Probleme hinter »ihrer« Bahn stehen und immer eine kundenorientierte Lösung suchen. Das muss ich nochmals ausdrücklich sagen. Das ist einer der Gründe, warum ich eigentlich gerne mit der Bahn unterwegs bin.

Das Frühstück kommt. Es ist das falsche. Vor mir steht das klassische Frühstück.

»Entschuldigung«, sage ich. Warum eigentlich? Blöde Angewohnheit. »Das habe ich nicht bestellt. Ich möchte das französische Frühstück.«

Dem Blick des Bahners nach würde mich nun der Spruch »Und was soll ich nun damit machen, es wegwerfen?!« nicht wundern. Aber er sagt keinen Ton, schnappt sich das Frühstück und zieht von dannen.

Es vergeht ungefähr eine Viertelstunde. Inzwischen füllt sich das Bordrestaurant. Mein Kaffee ist längst ausgetrunken. Kein Frühstück.

Dann steht er wieder vor mir, der Servicemitarbeiter, und platziert das richtige Frühstück vor mir. Wieder ohne einen Ton zu sagen. Ich will nicht sagen, dass er den Teller vor mich hinknallt, aber ein bisschen sehr genervt kommt er mir schon vor.

Ich sage ebenfalls nichts, verzehre mein Früh-stück und will bezahlen. Mit meinem Zwanzigeuro-schein allerdings stelle ich ihn offensichtlich vor ein gewaltiges Problem.

»Haben Sie's nicht kleiner? Ich habe kaum Wech-selgeld, das kommt gleich erst und so machen Sie mir die Tasche leer.«

Offen gesagt weiß ich nicht, was mich in dem Moment mehr ärgert: Die wieder einmal offensicht-lichen, organisatorischen Probleme der Bahn, oder der fast schon vorwurfsvolle Tonfall.

Ich habe tatsächlich noch Kleingeld. Mit etwas Suchen kriege ich den zu zahlenden Betrag genau zusammen. Für ein Trinkgeld allerdings reicht es nicht mehr, aber das wäre in diesem Fall sowieso nicht angebracht gewesen.

Auf der Rückfahrt, einige Tage später, sitze ich wieder im Bordrestaurant und erzähle der sehr freundlichen und hilfsbereiten Servicemitarbeiterin von meinem Erlebnis. Sie entschuldigt sich fast, so unangenehm ist es ihr. Wie gesagt, ich habe auch im Bordrestaurant bisher nur wenige Male un-freundliche Mitarbeiterinnen und Mitarbeiter erlebt.

## Rien ne va plus

K ennt ihr das Diätprogramm der Bahn? Wenn ihr ins Bordrestaurant kommt, euch hinsetzt und der Servicemitarbeiter euch entgegeneilt:

»Heute gibt's leider nichts, die Küchentechnik ist komplett ausgefallen.«

oder

»Leider können wir Ihnen heute nichts anbieten außer warmer Cola und Fanta, wir haben leider keine Lieferung bekommen.«

oder

»Bedauerlicherweise ist unser Küchenpersonal nicht erschienen. Es gab da wohl einen Fehler im Dienstplan.«

Solche Erlebnisse können natürlich dazu beitragen, sich wieder einmal über die Bahn zu amüsieren und den Kopf zu schütteln.

Wenn ich allerdings eine mehrstündige Bahnreise vor mir habe und wegen Terminen weder zum Essen noch zum Brötchenkauf am Bahnhof gekommen bin, kann es auch ganz schön nerven. Wohlgemerkt: Das ist kein Einzelfall: Die oben genannten Sätze habe ich schon des Öfteren zu hören bekommen.

Dass es bestimmte Gerichte von der Karte nicht mehr gibt, weil sie ausverkauft sind, kann mir auch in jedem Restaurant passieren. Das ist nicht schlimm.

Ein bisschen daneben finde ich es allerdings, wenn ich im Bordrestaurant sitze, vorab mein Getränk bestelle und auch erhalte, und dann beim Bestellen des Hauptgerichts erfahre, dass leider *alles* ausverkauft ist. Das hätte ich gerne schon beim Hinsetzen erfahren. War leider auch kein Einzelfall, da scheint es manchmal an der Kommunikation zwischen Küche und Service zu klemmen.

# Wellnesscenter Bahn

D as Außenthermometer am Frankfurter Hauptbahnhof zeigt ganze 37 Grad Celsius, als ich mich auf den Weg zum ICE nach Berlin mache. Die Luft steht und ich bin froh, dass ich heute nicht im Anzug unterwegs sein muss. Jeans und T-Shirt machen es nicht viel, aber wenigstens etwas besser. Irgendwas in mir hofft, dass es im Zug erträglicher ist als draußen.

Der ICE steht bereits zur Abfahrt bereit, ich steige in meinen Wagen und pralle wie gegen eine Wand. Es ist stickig. Es riecht nach Schweiß. Es ist kaum zu ertragen. Ich bleibe bis zum letzten Moment an der Tür stehen, um wenigstens noch ein bisschen Frischluft mitnehmen zu können.

*»Sehr geehrte Fahrgäste«,* ertönt die Durchsage, *»Wie Sie sicherlich bereits festgestellt haben, funktioniert unsere Klimaanlage heute leider nicht. Wir bitten um Ihr Verständnis.«*

Der Joke ist gut. Wenn ich meine Mitreisenden so anschaue, geht es ihnen genauso wie mir: Das Verständnis tendiert gegen Null.

Während der Fahrt wird die Luft immer stickiger. Der Wagen ist voll, kaum ein Sitzplatz ist frei. Immer wieder kommen die Zugbegleiter durch den Gang, schauen nach ihren »Patienten«. Sie geben sich große Mühe, obwohl sie genauso ausgelaugt sind wie wir – und das in voller Dienstbekleidung. Je nach Stimmung der Reisenden versuchen sie es mit Humor (»Die Bahn bietet heute ein kostenloses Wellnesspaket ohne Aufpreis, Sauna für lau!«) oder mit nochmaliger Bitte um Verständnis. Die meisten Reisenden sind zu erschöpft, um zu diskutieren oder zu meckern.

Das Bordrestaurant streckt schon bald alle Viere von sich. Aufgrund der Hitze versagt dort die Technik, der Kühlschrank funktioniert nicht mehr. Die »Kaltgetränke« sind schnell zur Neige gegangen – im Verkauf, wohlgemerkt. Freigetränke gab es keine.

Nach gut vier Stunden schlägt der ICE im Berliner Hauptbahnhof auf. Ich fühle mich völlig ausgelaugt, und das bisschen Wind auf dem Bahnsteig erscheint mir wie echtes Wellness. Ehrlich gesagt frage ich mich, ob niemand umgekippt ist. Eigentlich ist das, was die Bahn hier wieder einmal veranstaltet hat, unverantwortlich.

## +++ Durchsage +++

*L* *eider können die Reservierungen heute auf-*
*grund eines Problems mit unserem Bordsys-*
*tem nicht angezeigt werden. Fahrgäste, die*
*im Wagen 9 reserviert haben, ist sicherlich bereits*
*aufgefallen, dass wir diesen heute nicht mitführen...«*

# Eine frustrierte Nachricht an die Bahn

F olgende Nachricht habe ich während einer Reise am 9. September 2015 über Facebook an die DB Personenverkehr geschrieben – leicht frustriert:

»Liebe DB, dass Ihre Züge gerne auch mal etwas länger auf der Strecke stehen, ist man als Passagier ja gewohnt. Dass aber ein ganzer ICE nach (!) einem einstündigen Zwangsstopp an einem Bahnhof auf der Weiterfahrt ca. 10 Minuten vor dem Zielbahnhof »zu einem kostenlosen Getränk in unser Bordbistro« eingeladen wird, ist schon fast lachhaft. Dies gilt umso mehr, als dass Sie vorher - während (!) des Zwangsstopps - am Verkauf Ihrer völlig überteuerten Getränke und Speisen kräftig verdient haben. Kundenservice sieht völlig anders aus.«

Eine Antwort habe ich nie bekommen. Offen gesagt habe ich auch genau das erwartet.

**Stefan Merten**

3. Oktober 2019

Sänk juh for träwelling with Thoitsche Bahn... 😊 👤

#bahnerlebnisse

# Komfort Check-in fehlgeschlagen

Auf dem ausgewählten Sitzplatz ist der
Komfort Check-in nicht möglich.

OK

# Unterwegs notiert I

Deutsche Bahn ist, wenn der frisch zugestiegene Zugchef bei seiner Ansage erstmal nicht weiß, auf welcher Strecke er eigentlich heute unterwegs ist.

Winter... oder wie ihn die Deutsche Bahn nennt: »Unvorhersehbares, zu weiteren Zugausfällen und zusätzlichen Verspätungen führendes Ereignis. Wir haben noch Sommergleise drauf – sorry.«

Zwischen innerdeutschen Großstädten wird lieber geflogen als Bahn gefahren. Warum? Weil die Flieger meistens pünktlich sind, seltener ausfallen und die Klimaanlage funktioniert.

E ben gelesen: »Autofahrer kämpfen am Mittwoch auf glatten Straßen. Vor allem im Norden und Westen Deutschlands führen Eis und Schnee zu Behinderungen. Die Bahn warnt vor Einschränkungen am Mittwoch und Donnerstag durch einen aufziehenden Vulkan.« WTF?!

W ieder mal wieder ein großes Lob an das Zugpersonal im ICE855, das die Lage sehr souverän im Griff hat und alles versucht, den Fahrgästen die Fahrt so angenehm wie möglich zu machen. Sie sind die Ausputzer für das, was die Bahn-Führung tagtäglich an Mist baut.

D eutsche Bahn ist, wenn dir schon bei der Abfahrt angezeigt wird, dass du »aus betriebstechnischen Gründen« eine glatte Stunde später ankommen wirst...

Es geht von Braunschweig mit dem IC2442 Richtung Köln, mit Umstieg in Hannover. Natürlich stimmt die Wagenreihung nicht, natürlich ist der Zug verspätet (Stellwerkstörung), natürlich ist die Reservierungsanzeige gestört. Alles wie immer. Aber natürlich warte ich dann noch, was der ICE856 von Hannover nach Köln noch für mich bereit hält...

Manchmal gibt es aber auch etwas Lustiges aus dem ICE zu berichten, so zum Beispiel jetzt grade:

Was haben drei erwachsene Männer in der 1. Klasse gemeinsam, der eine Ende 60 im Tweedanzug, der eine Ende 20 in Designerhemd und Edelslippern, der dritte Mitte 40 in Jeans und Hoodie – und die anderen beiden beobachtend?

Richtig: Alle lesen den neuen Asterix.

# Unterwegs notiert II

Die Deutsche Bahn bewirbt ihre 1. Klasse unter anderem mit dem Mehrwert des »Service am Platz« für Speisen und Getränke.

Bei meinen letzten fünf Bahnfahrten gab es dieses Angebot nicht - wegen Personalausfall, technischer Probleme in der Bordküche oder ganz ohne Begründung (Achselzucken des Zugbegleiters). Das nur mal nebenbei.

Unser ICE 856 hat inzwischen 18 Minuten Verspätung, dank »technischer Probleme« beim Entkoppeln des zweiten Zugteils in Hamm/Westfalen.

Technische Probleme bekommt auch gleich mein Sitznachbar, der es für nötig hält, im Ruhebereich ununterbrochen zu telefonieren.

*[ Etwas später ... ]*

Bei meinem Sitznachbar ist der Handyakku leer, er kann im Ruhebereich erst mal nicht mehr telefonieren. Offenbar war sein Ladegerät nicht richtig in die Steckdose eingesteckt. Sowas...

# Rücksicht schadet nicht

Ich frage mich immer wieder, warum die Deutsche Bahn immer wieder selbst kleinste Dinge nicht auf die Reihe bekommt, die ihre Fahrgäste vor Probleme stellen.

Dass Wagenreihungen teilweise auch sehr kurzfristig geändert werden, der Zug plötzlich von einem anderen Gleis abfährt, die elektronische Anzeige der Wagennummern und/oder Sitzplatzreservierungen nicht übereinstimmt, ... - kann alles ja mal vorkommen, aber regelmäßig? Warum klappt das in anderen Staaten deutlich reibungsloser?

Die Fahrgäste stapeln sich teilweise völlig verwirrt auf den Bahnsteigen oder in den Gängen, und das Zugpersonal kann oftmals selbst nicht helfen, weil auch ihm Informationen fehlen.

Ich habe den Eindruck, der Staatskonzern Deutsche Bahn hat sich mit all seinen Tochtergesellschaften und Nebengeschäften (bis hin zum Carsharing und Fahrradverleih) völlig verzettelt und vergisst, sich auf sein Kerngeschäft und seine Kunden zu konzentrieren.

Manchmal komme ich mir als Fahrgast vor wie ein notwendiges, aber lästiges Übel.

*( Frustbeitrag meinerseits bei Facebook )*

# Sänk juh for träwelling...

Liebe Deutsche Bahn, es gibt zwei Möglichkeiten:

Entweder ihr spendiert euren Mitarbeiterinnen und Mitarbeitern auch für »besondere« Ansagen einen Englischkurs, oder ihr gebt ihnen für alle Sondersituationen einen Spickzettel. Heute jedenfalls hat das neuseeländische Ehepaar neben mir kein Wort von dem verstanden, was die Zugchefin zu sagen hatte. Ich habe dann nochmals übersetzt.

Eine völlig übersteuernde Lautsprecheranlage ist übrigens auch nicht das Gelbe vom Ei. Wer noch keinen Tinnitus hatte, hat jetzt einen.

# Be gentle if possible

Als mein ICE in Mannheim hält, kommt Stimmung in unseren Wagen: Eine Mutter mit drei kleinen Kindern kommt herein. Die Zwillinge, zwei Jungs um die vier, schauen sich neugierig um und würden wohl am liebsten gleich den ganzen Wagen erkunden. Die etwa Einjährige schaut eher etwas verängstigt aus Mamas Arm herunter. Die wiederum zieht noch einen großen Koffer hinter sich her und schaut sich nach freien Plätzen um. Freie Sitze gibt es genug – aber fast alles einzelne oder Doppelsitze.

Die beiden Businessmen, die den Vierertisch schräg vor mir belegen, haben das Dilemma bereits erkannt.

»Nehmen Sie unseren Tisch«, sagt der Jüngere. »Wir sind eh fertig und so haben sie ihre Kids im Blick.«

Die beiden räumen das Feld und setzen sich in eine freie Reihe. Die Mutter lässt sich mit ihrer Horde dankbar nieder. Sie kommt mit der älteren Dame vor mir ins Gespräch. Schnell erfahren wir, dass ihr eigentlicher ICE leider ausgefallen ist und ihre Platz-reservierung damit natürlich hinfällig war.

Die Zwillinge sind schnell in ihre Malbücher ver-tieft, die Kleine schläft selig auf ihrem Sitz, und Mama kommt offenbar mal zum Durchschnaufen.

Rücksicht schadet nicht, wie wieder einmal deut-lich wird. Ich wünschte, wir hätten mehr davon.

## +++ Durchsage +++

W ir fahren heute nicht nur mit etwa 15 Minuten Verspätung, sondern auch mit einer geänderten Wagenreihung: Wir beginnen mit Wagen 6, 7, 8 und so weiter, bis zum letzten Wagen mit der 1. Klasse in Wagen 12, und als allerletztes folgt dann noch der Wagen 5.«

Logik à la Deutsche Bahn. Wahrscheinlich haben sie ihn anfangs vergessen und dann gesagt:

»Och, da steht ja noch einer. Den hängen wir einfach noch hinten dran.«

# Kleidung verpflichtet

E s gibt Menschen, die fahren auch privat mit der 1. Bahnklasse und sehen dabei nicht aus, als ob sie grade aus der Vorstandsetage eines Unternehmens oder der Loge der städtischen Oper gefallen sind. Die fahren zum Beispiel in Jeans und Hoodie.

Ja, ernsthaft! Weiß ich, unter anderem deshalb, weil ich selbst so einer bin. Es begibt sich zu der Zeit, dass ich privat nach München fahre, am Kölner Hauptbahnhof den ICE besteige und meinen reservierten Platz in der 1. Klasse suche. Der gehört zu einer Vierer-Sitzgruppe mit Tisch, bei der die beiden gegenüberliegenden Plätze von einem älteren Paar belegt sind. Er im kleinkarierten Sakko mit Hemd, Krawatte und Weste, sie im hochgeschlossenen Kleid mit Rüschenkragen.

Ich sage freundlich »Guten Morgen«, wuchte meinen Koffer in die Ablage, hänge meine Jacke auf und nehme Platz. Der gesamte Tisch ist belegt mit Tupperdosen, Kunststofftellern, einer Thermoskanne mit Bechern – bei meinen Nachbarn gab es offenbar grade Frühstück.

Ein freundlicher Blick zu den beiden, beide Gesichter starren mich staunend und ungläubig an.

»Das hier ist die 1. Klasse!« bringt das männliche Gegenüber heraus und starrt mich weiter an.

»Danke, das ist mir bekannt«, antworte ich lächelnd und ziehe mein Smartphone aus der Tasche, um mich auf meinem Sitzplatz einzuloggen.

»Entschuldigung«, höre ich ihn wieder. »Ich sagte, das ist die 1. Klasse!«

Ich schaue auf, er starrt mich weiterhin ungläubig an. Seine Begleiterin schaut abwechselnd zu ihm und zu mir. »Wie gesagt, das ist mir bekannt. Gibt es ein Problem?« frage ich, nun etwas irritiert.

»Sie gehören doch nicht in die 1. Klasse!« entfährt es nun der Frau, die mich mit gerunzelter Stirn anschaut.

Ich glaube, ich höre nicht richtig. »Wie bitte?«

»Das ist die 1. Klasse!« Bei dem Mann scheint eine Schallplatte hängen geblieben zu sein.

Allmählich wird es lästig. »Zum dritten Mal. Das ist mir bekannt. Immerhin habe ich diesen Sitzplatz hier selbst reserviert.«

Die Frau schüttelt energisch den Kopf. »Das ist doch nicht Ihr Platz! So jemand wie Sie gehört doch nicht in die 1. Klasse!«

*So jemand wie ich*? Vielleicht sollte ich doch mal meine Ohren untersuchen lassen. »Wie bitte? So jemand wie ich? Was bitte wollen Sie mir sagen?«

Der Mann schüttelt leicht den Kopf, während die Frau vermeintlich unauffällig die Tupperdosen zu sich zieht. Vielleicht hat sie Angst, dass ich Paprikastreifen, Möhrenstücke und gekochte Eier stehle und davonrenne.

»Na, so wie Sie angezogen sind! So sitzt man doch nicht in der 1. Klasse! Sie haben doch nie im Leben eine Fahrkarte!«

Oha. Jetzt wird es lustig. »So sitzt *man* nicht in der 1. Klasse? Wer ist denn dieser *man*? Soweit ich weiß, darf ich mich in diesem Land immer noch genau so anziehen, wie ich das möchte. Und ob ich ein Ticket habe, geht Sie wohl kaum etwas an.«

Meine beiden Gegenüber haben wieder den Blick von meinem Eintreffen auf dem Gesicht. »Unverschämtheit«, murmelt die Frau vor sich hin, während der Mann mit dem Zeigefinger auf mich zeigt.

»So sitzt man nicht in der 1. Klasse, junger Mann! Und wie reden Sie überhaupt mit uns? Haben Sie denn überhaupt keinen Anstand?«

Es könnte sicherlich noch viel lustiger werden, wenn nicht just in dem Moment die Zugbegleiterin neben uns auftauchen würde und nach den Fahrkarten fragt. Eine Chance, die mein 1. Klasse-angemessen kleinkariertsakkobekleidetes Gegenüber natürlich beim Schopfe greifen muss:

»Dieser Mann hat sich einfach hier in die 1. Klasse gesetzt und verhält sich unverschämt!«

Die Zugbegleiterin schaut ihn ausdruckslos an. »Nun, er wird sich deshalb in die 1. Klasse gesetzt haben, weil er hier einen reservierten Sitzplatz hat.«

Der Mann schüttelt energisch den Kopf: »Woher wollen Sie denn das wissen? Sie haben seine Fahrkarte doch noch gar nicht gesehen!«

Nun, nicht jeder ist immer auf dem aktuellen Stand der Technik. Dass meine beiden Gegenüber offenbar noch nichts vom Online Check In gehört haben, sei ihnen daher verziehen. Ignoranz und Unverschämtheit aber haben wohl damit wenig zu tun.

Die Zugbegleiterin bleibt völlig ruhig. »Ob der Herr ein Ticket hat oder nicht, betrifft Sie ja nun nicht. Aber glauben Sie mir, er hat eines, das kann ich hier mit in meinem Gerät sehen.« Und bevor mein Gegenüber wieder seinen Zeigefinger erhebt: »Nun möchte ich aber gerne *Ihre* Tickets sehen.«

Kurze irritierte Pause bei meinen Gegenübern, dann kramt der Mann in seinem Sakko und zieht zwei – ich scherze nicht – laminierte Tickets in einem Reisebüroumschlag hervor, die er nun der Zugbegleiterin reicht. Diese schaut sich beide kurz an und schüttelt dann den Kopf.

»Also... zwei Dinge. Zum einen sind das Super-Spartickets, die gelten erst für den ICE heute Mittag. Zum anderen dürfen Sie die Tickets nicht einschweißen, wie soll ich sie denn dann entwerten?«

Nun ist mein Gegenüber überfordert. Hektisch schaut er zwischen der Zugbegleiterin und seiner Begleiterin hin und her. Sie kommt ihm zu Hilfe:

»Wir wollten eigentlich erst später zu unserer Tochter fahren, waren dann aber so früh am Bahnhof und haben es uns anders überlegt. Das verstehen Sie doch.«

Sie lächelt die Zugbegleiterin an.

»Und wir fahren zum ersten Mal seit Jahren Bahn.«

Aha. Aber über andere Fahrgäste und deren Kleidungsstil mosern.

Ich weiß nicht, ob die Zugbegleiterin das versteht oder ob es ihr egal ist, auf jeden Fall sind wir soeben in Siegburg eingefahren. Meinen beiden Gegenübern ist wohl nicht aufgefallen, dass ihre Plätze ebenfalls reserviert sind – und sie diese nun räumen müssen, mitsamt Tupperdosen, Thermoskanne und Gepäck.

Leider habe ich die weitere Diskussion nicht mehr mitbekommen, da die beiden mangels freier Plätze leise schimpfend mit der Zugbegleiterin den Wagen verlassen haben.

Eine Nachzahlung dürfte auf jeden Fall fällig gewesen sein.

# Unterwegs notiert III

Heutige Erlebnisse mit der Deutschen Bahn:

Gleiswechsel am Kölner Hbf - per Lautspre-cheransage 7 min. vor Abfahrt. Die App wurde erst 2 min. vor Abfahrt aktualisiert. Etliche reservierte Plätze sind nicht belegt, wahrscheinlich warten die Fahrgäste immer noch an Gleis 1.

Die Reservierungsanzeige ist wieder mal defekt. Chaos in den Wagen, weil niemand sehen kann, welche Plätze reserviert sind.

Der Zugbegleiter fragt trotz Comfort Check-in nach meinem Ticket - »um sicherzugehen«...

Das Bordrestaurant bietet heute nur eine kleine Auswahl: Kartoffelsuppe und Sandwiches.

Natürlich haben wir Verspätung.

War es nicht der Bahnvorstand, der grade sein Gehalt um 30 % auf bis zu 480.000 € erhöhen wollte? Wofür eigentlich? Dieser Laden ist sowas von runtergewirtschaftet und kaputtsaniert worden, dass man nur noch den Kopf schütteln kann.

# Der Koffer bleibt hier!

Der ICE ist mal wieder rappelvoll, fast alle Sitzplätze sind belegt. Draußen ist es kalt und nass, die Laune vieler Fahrgäste scheint entsprechend zu sein.

Eine Frau im Businesskostüm kommt suchend durch den Gang, findet einen freien Platz und setzt sich. Neben sich hat sie einen riesigen Überseekoffer. Anstelle diesen im Gepäckregal unterzubringen (wo tatsächlich noch ausreichend Platz ist), lässt sie ihn im Gang neben sich stehen. Er blockiert alles, wer vorbei will, muss sich an dem Trumm vorbeiquetschen. Genervte Blicke bei den Vorbeigehenden, böse Blicke von der Koffereignerin.

Es dauert nicht lange, dann erscheint ein Zugbegleiter. Bevor er beginnt, die Fahrscheine zu kontrollieren, spricht er die Dame an.

»Tut mir leid, aber der Koffer kann hier nicht stehen bleiben. Er blockiert den Durchgang.«

Die Antwort folgt prompt und ausgesprochen patzig, duldet keinen Widerspruch:

»Der Koffer bleibt hier stehen!«

Der Zugbegleiter versucht es noch einmal.

»Der Koffer kann hier nicht stehen bleiben. Er versperrt den Durchgang und damit auch den Fluchtweg. Das geht nicht. Bitte räumen Sie ihn ins Gepäckregal.«

Die Frau schaut den Zugbegleiter böse an.

»Der – Koffer – bleibt – hier – stehen!!!«

Das war ziemlich laut. Die anderen Fahrgäste haben ihre Gespräche unterbrochen, alle schauen zu der Szene hinüber. Der Zugbegleiter bleibt ruhig.

»Hören Sie, Sie haben Ihren Koffer doch auch weiterhin im Blick. Nur kann er hier nicht bleiben.«

»Der – Koffer – ...«

Die laute Stimme eines Fahrgastes unterbricht.

»Nun räumen Sie das Monster endlich weg, was soll denn dieses Theater?!«

Zustimmendes Gemurmel anderer Fahrgäste. Oha, das könnte wieder einmal lustig werden.

»Ich sagte, mein Koffer bleibt hier. Ich habe ein Recht darauf, dass mein Koffer bei mir bleibt!«

Interessant. Scheint ein neuer Artikel im Grundgesetz zu sein. Der Zugbegleiter kennt ihn offensichtlich auch nicht.

»Da muss ich Sie enttäuschen. Und nun bitte ich Sie nochmals, Ihren Koffer wegzuräumen, ansonsten werde ich das tun.«

Die Frau kreischt geradezu, Spucke fliegt aus ihrem Mund.

»Sie fassen meinen Koffer nicht an! Der bleibt hier stehen!«

Ein weiterer Zugbegleiter ist dazu gekommen.

»Wenn Sie sich weiterhin weigern, Ihren Koffer wegzuräumen und den Fluchtweg freizumachen, muss ich Sie leider bitten, den Zug am nächsten Bahnhof zu verlassen.«

Das war deutlich. Scheint aber nicht angekommen zu sein.

»Ich habe ein gültiges Ticket! Und das ist *mein* Koffer, der bleibt bei mir!«

Die beiden Zugbegleiter schauen sich wortlos an. Ein Fahrgast steht von seinem Sitz auf und gesellt sich dazu. Er zieht einen Dienstausweis, stellt sich als Polizeibeamter vor und wiederholt die letzte Aussage der Zugbegleiter. Die Frau spuckt mittlerweile Gift und Galle.

»*Sie* haben mir gar nichts zu sagen, Sie haben ja nicht mal eine Uniform an!«

Der Polizeibeamte und die beiden Zugbegleiter schauen sich kurz an, dann zuckt der eine mit den Schultern, schnappt sich den Koffer und zieht ihn in Richtung Gepäckregal. Dort findet er mühelos Platz.

Die Frau ist von ihrem Sitz aufgesprungen und macht Anstalten, nach den neben ihr stehenden Männern zu schlagen. Der Polizeibeamte spricht leise auf sie ein, sie setzt sich wieder. Keine Ahnung, was er ihr gesagt hat, aber es war offenbar deutlich. Sie verschränkt die Arme und klemmt wie ein trotziges Kind in ihrem Sitz.

Die Zugbegleiter bedanken sich bei dem Beamten, der sich wieder auf seinen Platz zurückzieht, die Frau aber weiterhin aufmerksam beobachtet.

Leider muss ich am nächsten Bahnhof aussteigen. Wäre doch schön gewesen zu sehen, ob die Geschichte noch weitergeht.

# Gepäckwagen oder Großraumabteil?

B etreten des Großraumabteils, Sitzplatzsuche, das Übliche halt. Am Sitzplatz steht auch korrekt meine Reservierung. Nur: Beide Plätze am Tisch sind besetzt, der eine von einer strickenden Dame, der andere von ihrer Handtasche und ihrem davorstehenden Miniaturköfferchen. Auf meinen dezenten Hinweis, dass dies mein reservierter Platz sei, völliges Unverständnis.

»Sie können sich doch woanders hinsetzen, ist doch noch viel frei«, blafft mich die Frau an.

Oh, sowas liebe ich ja. Ich antworte, zum einen seien auch die anderen Plätze reserviert, wie man sehe, des Weiteren sei dies ein Platz mit Tisch, wie von mir zum Arbeiten bewusst gewählt, und zum dritten sei es nun mal mein reservierter Platz.

»Sie sehen aber doch, ich sitze hier!« lautet die Antwort.

Messerscharf argumentiert, inhaltlich völlig richtig. Hilft aber nicht weiter. Auf meine Frage, ob sie nicht wenigstens ihre Handtasche und ihren Koffer umplatzieren könne, um diesen Platz zu nutzen, reagiert sie schroff: »Die Sachen bleiben da. Ich will hier alleine sitzen.«

Bevor sich nun mein Blutdruck dezent hebt, tritt auf die Bühne: Der Zugbegleiter. Er hat mitbekommen, dass hier grade etwas schiefläuft, und versucht zu vermitteln - zwecklos. Die Dame erweist sich als sturer Fall. Das Problem löst sich allerdings in dem Moment, wo sie um die Vorlage ihrer Fahrkarte gebeten wird. Sie hat eine - allerdings mit Zugbindung - und sitzt falschen Zug und in der falschen Klasse.

Also: Aufstehen und gehen. Alles weitere habe ich nicht mitbekommen, aber dem Zugbegleiter dürften die Ohren geblutet haben.

## +++ Durchsage +++

*S*ehr geehrte Fahrgäste, Sie werden es schon bemerkt haben... leider hat unser Zug in Wolfsburg nicht gehalten. Die Gründe sind mir leider nicht bekannt. Wir entschuldigen uns bei allen Fahrgästen, die in Wolfsburg aussteigen wollten... nächster Halt ist Stendal.

# High Noon in Train City

Besonders begehrt sind in den ICE ja die Zweier- und Vierer-Sitzgruppen mit Tisch. Ideal zum Ausbreiten, Arbeiten, Picknicken, … Klar, dass die dann auch schnell belegt sind.

Diesmal habe ich eine Reservierung für einen Platz an genau solch einem Vierertisch. So kann ich die Zeit der Bahnfahrt wieder einmal nutzen, um mich auf meine Termine vorzubereiten und sonstige Aufgaben abzuarbeiten.

Der Wagen ist ungefähr zur Hälfte gefüllt, mein Platz ist schnell gefunden. Am Tisch sitzt bereits ein Mann um die Fünfzig im Anzug, starrt konzentriert auf gleich zwei Notebooks, die er vor sich aufgebaut hat. Der ganze Tisch ist gefüllt mit Mappen, Ausdrucken, einem Schreibblock und Büromaterial. Ich wuchte meinen Koffer in die Ablage und meinen Rucksack auf meinen Platz. Ich wünsche einen guten Morgen, er schaut kurz auf.

»Sie wollen aber doch nicht hier sitzen?« stellt er ohne jeden Gruß fest und schaut mich wieder an.

»Doch, genau das habe ich vor«, antworte ich und tippe auf die Reservierungsanzeige. »Meine Reservierung, hier bin ich.«

Er schaut wieder auf seine Notebooks und beachtet mich gar nicht mehr.

Ich setze mich. Mein Bereich des Tisches ist angefüllt mit den Unterlagen meines Gegenübers. Das gibt wieder eine Diskussion, vermute ich, als ich mein Notebook aus dem Rucksack ziehe.

»Ich bräuchte bitte etwas Platz«, mache ich mein Gegenüber aufmerksam. Er schaut wieder auf, offensichtlich genervt, gestört worden zu sein.

»Ich war zuerst hier.« Er vertieft sich wieder in seine Arbeit.

»Das ändert nichts an der Tatsache, dass sie hier nicht den gesamten Tisch in Beschlag nehmen können«, antworte ich. Er schaut nicht mal mehr auf.

»Sie sehen doch, dass ich das kann. Wer will was daran ändern, Sie?«

Oha. Da will jemand Machtspielchen spielen.

»Ich bitte Sie, den Tisch etwas frei zu räumen, damit ich ebenfalls arbeiten kann«, sage ich. »Sie sind ja nicht alleine hier.«

Er starrt weiter auf seinen Bildschirm, als er antwortet.

»Die Sachen bleiben, wo sie sind. Wer zuerst kommt, mahlt zuerst, alte Weisheit. Es ist doch noch genug frei hier im Wagen, setzen Sie sich doch woanders hin.«

Das ist schon frech. Diskutieren bringt hier nichts, das ist mir klar. Also nehme ich kurzerhand die Unterlagen, die auf meiner Ecke des Tisches liegen, und räume sie beiseite. Nun schaut er auf.

»Wagen Sie es nicht«, sagt er aufgebracht. »Die Sachen bleiben, wo sie sind, sagte ich.«

»Wie Sie sehen, sind sie das nicht mehr«, antworte ich ruhig. »Wir können das Ganze aber auch vom Zugchef klären lassen, wenn Ihnen das lieber ist.«

Er nimmt seine Unterlagen, knallt sie auf mein Notebook und breitet sie wieder aus. Wo sind wir hier, im Kindergarten? Ich hebe mein Notebook an der Vorderkante an, seine Papiere rutschen zu ihm hinüber. Er schaut mich an, ich schaue ihn an. High Noon in Train City.

»Lassen Sie den Blödsinn und machen hier kein Theater«, sage ich, immer noch ruhig. »Wollen Sie hier Machtspielchen spielen? In der 1. Klasse eines ICE? Sind wir hier im Kindergarten?«

Sein Gesicht läuft rot an.

»Ich«, presst er hervor, seine Wut ist unüberhörbar. »Ich war zuerst hier. Und wenn ich hier arbeiten möchte, dann tue ich das, und zwar so, wie ich das für richtig halte. Wenn Ihnen das nicht passt, setzen Sie sich doch woanders hin!«

Der Kerl hat was von einer hängenden Schallplatte. Immer wieder das gleiche Argument wiederholen, wie wenig sinnreich es auch sein mag.

»Sie machen sich lächerlich«, antworte ich. »Und damit ist das Gespräch für mich beendet.«

Ich klappe mein Notebook auf, beginne zu arbeiten und ignoriere ihn völlig. Das scheint ihn noch viel mehr zu wurmen als unser Gespräch. Aus den Augenwinkeln sehe ich, wie seine Mimik immer wütender wird, aber er beherrscht sich.

»Das ist wohl mein Platz, tut mir leid«, höre ich plötzlich eine Stimme neben uns. Drei Männer stehen mit ihren Aktentaschen im Gang, der vorderste schaut mein Gegenüber an, der völlig frustriert aufschaut. Der hat sich doch nicht ernsthaft ohne Reservierung hier niedergelassen und macht einen auf Zampano?

Aber genau das ist der Fall. Die drei haben eine Last minute-Reservierung, die auf den Anzeigen nicht auftaucht, aber nichtsdestotrotz gültig ist.

Mein Gegenüber sammelt seine Sachen zusammen, stopft sie ohne ein Wort in seine Aktentasche. Sein Gesicht spricht Bände. Als er aufsteht, schaut er mir nochmals ins Gesicht – seine Gedanken dürften in den Tiefen des Strafgesetzbuches hängen. Er sagte kein Wort und verlässt sogar den Wagen.

Wie war der Spruch noch? Kleine Sünden... und so weiter...

# Wenn alles schiefläuft

K ennen Sie das? Es gibt Bahnfahrten, da läuft von vorn bis hinten wirklich alles schief. Ich habe ja insgeheim den Verdacht, dass Jochen Schweizer diese Fahrten als Erlebnistouren verkauft, aber noch fehlen mir die Beweise.

Bei mir ist es heute wieder mal soweit. Morgens von Köln nach Braunschweig, nachmittags zurück. Das Ganze inklusive mehrerer Umstiege in Hannover, Düsseldorf und Köln. Ich naiver Tropf denke vorher noch: Na, vielleicht geht heute ja mal alles gut. Lachhaft. Natürlich hat die Deutsche Bahn das alles ganz anders geplant.

Wie eigentlich immer bin ich rechtzeitig am Kölner Hauptbahnhof, denn wer weiß, was die Bahn dort für ihre Fahrgäste auf Lager hat. Bahnsteigwechsel, Zugausfälle, Verspätungen – irgendwas lässt sich da bestimmt finden. Heute hat die Fahrdienstleistung nicht besonders tief in die Trickkiste gegriffen:

*»Verehrte Fahrgäste, der ICE nach Berlin Ostbahnhof fährt heute vom Bahnsteig XY, gleich gegenüber, ab.«*

Schuld ist ein Zug, der es auf dem richtigen Gleis irgendwie nicht aus dem Hauptbahnhof heraus- schafft. Es würde mich nicht wundern, wenn gleich eine Ansage alle freien Mitarbeiterinnen und Mitar- beiter zum Schieben auffordert.

*»Sehr geehrte Fahrgäste, wir bitten um Verständ- nis, dass die Klimaanlage und die Sitzplatzanzeigen in den Wagen 36 und 37 leider heute nicht korrekt funktionieren.«*

Natürlich.

Mein reservierter Sitzplatz ist frei, wenigstens et- was. Etliche Fahrgäste ohne Sitzplatzreservierung ir- ren durch den Waggon, weil sie mangels Reservie- rungsanzeige nicht wissen, wo sie sich hinsetzen können. Das wird sich auch bis zu meinem Ausstieg in Hannover nicht mehr ändern.

Na, es wird bestimmt noch lustiger. Natürlich soll meine Erwartung nicht enttäuscht werden. Aber es dauert etwas, bis der Bundeskonzern den Vorhang zum nächsten Akt öffnet.

Kurz vor Wuppertal ist es dann soweit. Die Deut- sche Bahn ist einfach zu geil: In Hagen hält sie heute nicht, weil im dortigen Bahnhof der Strom ausgefal- len ist (x Passagiere um mich herum mit WTF-Aus- druck im Gesicht). Einige Fahrgäste sammeln in aller

Eile ihre Sachen zusammen und fallen in Wuppertal aus dem Zug. Keine Ahnung, ob sie von dort aus weitergekommen sind.

Dafür halten wir nun in Minden, das gar nicht im Fahrplan steht, um *»durch Zugausfall gestrandete Passagiere einzusammeln«* (O-Ton Zugchefin). Dabei ist der ICE eh schon rappelvoll. Der Bahnsteig im Mindener Bahnhof übrigens ebenfalls, wie sich dann zeigt.

Meinen Respekt für die Zugchefin, die stoisch und mit Engelsgeduld immer wieder die gleiche Durchsage durch die Lautsprecher jagt: Fahrgäste, die nicht unbedingt auf diesen Zug angewiesen sind, mögen doch bitte in Minden aussteigen und mit dem nächsten ICE in einer Stunde weiterfahren. Dafür würden sie einen Gutschein erhalten. Die, die bereits im Zug seien, mögen bitte ihre Taschen von den Sitzplätzen räumen, der Zug sei vollständig ausgebucht. Nett formuliert.

In unserem Waggon stapeln sich nun die Fahrgäste, etliche stehen im Gang. Chaos gibt es nun auch bei den Sitzplatzreservierungen:

Einige kommen mit den korrekten Sitzplatzreservierungen für *diesen* Zug.

Andere bestehen auf ihrer Sitzplatzreservierung für den *ausgefallenen* Zug – wobei jeder Platz halt nun nur einmal reserviert werden kann.

Hatte ich schon erwähnt, dass die Reservierungsanzeige ausgefallen ist?

Das nun herrschende Chaos ist also herzallerliebst. Manche dieser erwachsenen Menschen hier verhalten sich kindischer als manche Kindergartengruppe. Nehmen wir doch zum Beispiel mal die vier Herren in der Sitzgruppe vor mir.

Dieses augenscheinliche Mittfünfzigerquartett gehört zu den ersten, die sich in Minden in den ICE gequetscht haben, breiten sich sofort um den Tisch herum aus, und schon fällt von einem der Satz: »Egal, was passiert, wir bleiben hier sitzen.« Da schwant mir schon, dass es mal wieder interessant werden könnte.

Das dauert dann auch nicht lang, denn es erscheint eine Reisegruppe, bestehend aus sieben älteren Damen, ich würde sie mal allesamt auf zwischen siebzig und achtzig Lebensjahren schätzen. Alle haben sie eine Sitzplatzreservierung. Nein, sogar eine *korrekte* Sitzplatzreservierung, also für diesen Zug. Für zwei werden die passenden Einzelsitze auf der anderen Gangseite sofort von den dort Sitzenden geräumt, freundlich und ohne jede

Diskussion. Die dritte muss schon etwas deutlicher werden, bevor der dort sitzende geschätzte Enddreißiger seine Kopfhörer abnimmt, sein Notebook zusammenklappt und sich mit deutlichem Missfallen in den Gang stellt.

Fehlen also noch vier Plätze. Und wo liegen die? Richtig, in der Vierergruppe vor mir. Zwei der resolut auftretenden Damen machen die Herren dort freundlich, aber deutlich auf ihr Vorrecht aufmerksam. Zwei der Männer schauen demonstrativ aus dem Fenster, der offensichtliche Wortführer verschränkt die Arme und verweigert die Herausgabe der kunstlederbespannten Beute.

»Wir haben auch Reservierungen. Unser Zug ist ausgefallen. Trotzdem haben wir ja reserviert.«

Die Damen schließen messerscharf, dass die Reservierungen für den ausgefallenen Zug waren und hier keine Gültigkeit haben. Das aber ist den Männern offensichtlich egal.

»Er hat ein kaputtes Knie und ich habe einen Behindertenausweis. Wir bleiben hier sitzen.«

Eine der Frauen beschließt, sich auf die Suche nach einem Zugbegleiter zu machen. Angesichts des Gedränges auf dem Gang ein eher schwieriges Unterfangen.

Die Diskussion zwischen beiden Gruppen geht indes weiter. Ein weiterer Mann, der im Gang steht, mischt sich ein und steht den Damen zur Seite, verweist auf die durch den Zugausfall ungültige Reservierung der Männer. Die Argumentation scheint wenig schlüssig und überzeugend zu sein, wie die Reaktion des Wortführers der Männergruppe zeigt.

»Mir egal. Wir bleiben hier sitzen. Dann sollen sie uns raustragen.«

Tatsächlich erscheinen dann doch gleich eine Zugbegleiterin und ihr Kollege, die sich die wechselseitigen Argumente anhören. Die Entscheidung ist klar.

»Tut mir leid, meine Herren. Ihre Reservierung ist durch den Zugausfall entfallen. Sie können sich den Reservierungsanteil erstatten lassen, aber nun müssen Sie die Plätze frei machen.«

Der Wortführer wiederholt seine Argumentation in Sachen Knie und Behindertenausweis. Die Zugbegleiterin reagiert salomonisch.

»Wir machen gerne den Sitzplatz dort vorne für Sie frei, der ist für schwerbehinderte Fahrgäste reserviert. Aber die anderen müssen leider aufstehen.«

Leider findet der Wortführer seinen Behindertenausweis aber nicht, trotz aller Beteuerungen. Somit gibt es dann ein Bäumchen-wechsel-sich-Spiel um vier Sitzplätze.

Ich notiere mir: Vorschlag an den Bahnvorstand, die *Reise nach Jerusalem* in das Unterhaltungsangebot aufzunehmen.

# +++ Durchsage +++

*S*ehr geehrte Fahrgäste, mein Name ist Jürgen Krause, und ich bin Ihr Zugbegleiter. Willkommen im Regionalexpress MS Alte Liebe von Köln nach Aachen. Diese Ansage war, wie immer, live.«

Dieser Gastbeitrag kommt von meiner langjährigen Freundin Andrea Höltken – vielen Dank dafür!

# Die allererste Bahnfahrt ihres Lebens

Heimfahrt nach Köln im guten alten IC. Der erinnert mich mit seiner Fahrtdauer zwar eher an eine Bimmelbahn, aber diesmal waren alle ICE ausgebucht. Also, was soll's. Immerhin ist er fast leer.

Mein plüschiger Sitzplatz liegt in einem noch komplett freien Abteil. Kaum sitze ich, erscheint eine ältere Frau auf dem Gang, einen riesigen Überseekoffer und eine Handtasche in der Größe eines Weekenders bei sich. Sie schaut sich suchend um, findet die Sitzplatzanzeige nicht.

»Guten Abend«, sage ich. »Kann ich Ihnen helfen?«

Sie schaut mich nervös und unsicher an.

»Guten Abend. Ich habe Sitzplatz XY, aber ich weiß nicht, wo das ist!«

Das lässt sich rauskriegen. Ich frage freundlich, ob ich mir ihr Ticket anschauen darf. Oh je. Ihr Sitzplatz ist einige Wagen weiter, zumindest die Klasse stimmt. Inzwischen rollt der Zug an.

»Ihr Sitzplatz ist ganz woanders«, erkläre ich. »Da müssten Sie quasi einmal quer durch den Zug gehen. Aber hier im Abteil ist nur mein Platz reserviert, wenn Sie möchten, bleiben Sie doch einfach hier.«

Sie schaut mich hilflos an und nimmt ihr Ticket zurück.

»Ja, geht das denn? Muss ich nicht dort sitzen, wie es auf meinem Ticket steht?«

Ich verneine, sie ist beruhigt und froh, endlich sitzen zu dürfen. Ich wuchte ihren Koffer, der trotz seiner Ausmaße erstaunlich leicht ist, auf die Ablage. Wir sitzen uns schräg gegenüber und kommen schnell ins Gespräch.

Die Dame ist Ende siebzig, ihr Ehemann ist vor einem halben Jahr gestorben. Er hat sich stets um alles gekümmert, und eines mochte er überhaupt nicht: Bahn fahren.

»Ob sie es glauben oder nicht«, kichert sie. »Ich fahre heute zum allerersten Mal in meinem Leben mit der Bahn.«

»Na, darauf sollten wir anstoßen«, gratuliere ich, und spendiere ihr eine meiner Wasserflaschen. Sowas erlebe auch ich nicht jeden Tag.

Mein Gegenüber erzählt mir aus ihrem Leben. Jung geheiratet, jung Kinder bekommen, eines früh verstorben, zum anderen und den Enkeln ist sie nun unterwegs.

»Früher sind mein Mann und ich immer mit dem Auto nach Wuppertal, wenn wir sie besucht haben«, erzählt sie. »Oder meine Tochter und ihre Familie kamen zu uns.« Im letzten halben Jahr sei aber beides kaum möglich gewesen. Sie musste mit 78 Lebensjahren lernen, selbstständig zu werden. Und nun also die erste Bahnreise ihres Lebens.

»Ich bin so nervös wie ein Schulkind«, kichert sie. »Letzte Nacht konnte ich kaum schlafen, weil ich Angst hatte, den Bahnhof zu verpassen.«

»Keine Sorge«, sage ich. »Ich passe mit auf und setze Sie rechtzeitig ab.«

Der Zugbegleiter kommt. Mein Gegenüber ist wirklich nervös, sie zittert leicht, als sie dem Bahner ihr Ticket aushändigt. Er schaut kurz drauf, stempelt es ab und gibt es zurück.

»Ich sitze im falschen Wagen«, sagt die Dame entschuldigend und deutet auf mich. »Aber der nette Herr hier meinte, das sei kein Problem.«

Der Zugbegleiter lächelt freundlich.

»Da hat der nette Herr recht. Kommen Sie denn am Bahnhof Wuppertal allein zurecht, oder soll ich Sie abholen?«

»Ich kümmere mich drum«, sage ich. Er nickt und nickt mir zu. Dann geht er weiter.

Wir unterhalten uns sehr lange. Irgendwann schreckt sie mitten im Satz auf, schaut hektisch aus dem Fenster und nimmt die Hand vor den Mund.

»Jetzt habe ich überhaupt nicht aufgepasst«, sagt sie. »Wir sind doch hoffentlich nicht schon an Wuppertal vorbei?«

Ich muss innerlich lächeln.

»Nein, nein«, beruhige ich sie. »Wir sind jetzt in Hamm. Keine Sorge, ich sage Ihnen rechtzeitig Bescheid, das habe ich Ihnen doch versprochen. Bis nach Wuppertal fahren wir noch eine Stunde.«

Sie lehnt sich beruhigt zurück und schaut aus dem Fenster. Unser Gespräch ist vorbei, ihre Nervosität steigt deutlich.

Etwa eine Viertelstunde später steht sie auf, zieht sich ihren Mantel über und schaut mich an.

»Entschuldigen Sie,« sagt sie, »ich bin noch etwas früh dran... aber könnten Sie mir trotzdem schon mal meinen Koffer geben? Ich möchte auf keinen Fall Wuppertal verpassen.«

Ich linse auf die Uhr. Wir haben 21.30 Uhr, planmäßiger Halt in Wuppertal ist um 22.14 Uhr. Aber was soll's. Ihr Koffer steht schnell neben ihr. Sie schaut mich unschlüssig an.

»Meinen Sie, ich sollte schon mal Richtung Ausgang gehen?«

Ich schüttele lächelnd den Kopf und zeige ihr den Fahrplan.

»Schauen Sie: Wir kommen um 22.14 Uhr in Wuppertal an, und bisher sind wir pünktlich. Wollen Sie wirklich eine Dreiviertelstunde im zugigen Gang stehen?« Sie ist immer noch unschlüssig. Mal schauen, ob die Trumpfkarte zieht: »Ich meine, Sie haben doch extra für einen Sitzplatz bezahlt!«

Sie schaut mich an, nickt und setzt sich wieder. Irgendwie zieht dieses Argument doch immer.

Eine knappe Dreiviertelstunde später rauschen wir in den Wuppertaler Hauptbahnhof. Ich verabschiede mich von ihr, wuchte ihr noch den Koffer auf den Bahnsteig. Auch der Zugbegleiter ist gekommen, sicher ist sicher. Ich mache mir schon Gedanken, ob sie wohl heil am Ziel ankommen wird, aber da stürmen schon zwei Kids auf ihre Oma zu, die

Mutter atemlos im Schlepptau. Umsonst gesorgt, umso besser.

Ich wünsche meiner Mitfahrerin noch viele, viele schöne Zugfahrten mit hoffentlich genauso netten Sitznachbarn, wie sie es für mich war.

# Dünkel

E s gibt zu viele Menschen, die sich für etwas Besseres halten. Dünkel nennt sich das, und Wikipedia definiert Dünkel als »von anderen als unangenehm empfundenes, sich in jemandes Verhalten deutlich ausdrückendes Bewusstsein einer vermeintlichen (gesellschaftlichen, geistigen) Überlegenheit«. Genau das passt auch in diesem Fall.

Am Frankfurter Flughafen steigen vier uniformierte, voll bepackte Bundespolizisten in unseren ICE. Sie setzen sich in zwei Zweierreihen unseres Wagens, etwas entfernt von meinem Sitzplatz. Da ihre Sitze uns entgegengesetzt stehen, kann ich die beiden Gangplätze gut einsehen. Die Beamten haben die Augen geschlossen, sie sehen ziemlich abgekämpft aus. Offenbar liegt ein anstrengender Dienst hinter ihnen.

Den beiden Anzugträgern um die Dreißig, die mir gegenüber auf der anderen Gangseite sitzen, scheint die Anwesenheit der Beamten ein Dorn im Auge zu sein. Zunächst tuscheln sie sehr leise miteinander, dann aber so laut, dass ich sie problemlos verstehen kann.

»... muss das denn sein? Sowas irritiert doch!«

— »Genau. Ich fühle mich unwohl, wenn Polizei in der Nähe ist. Als ob wir unter Überwachung stünden. Müssen wir uns das bieten lassen?«

»Dürfen die überhaupt hier in der 1. Klasse sitzen? Das sind doch einfache Beamte, gehören die nicht in die zweite?«

— »Sowas finanzieren wir durch unsere Steuern und unsere Ticketpreise? Das kann doch nicht sein!«

Ich glaube, ich höre nicht richtig.

»Die sollen Linke jagen, oder Junkies, aber nicht hier die Passagiere belästigen.«

Die Polizisten sitzen ruhig in ihren Sitzen und rühren sich nicht. So sieht also Belästigung aus. Wieder was gelernt. Ich beuge mich zu meinen ach so belästigten Nachbarn.

»Sie mögen mir verzeihen,« sage ich, »aber Ihre Unterhaltung zu überhören, war mir nicht möglich. Eine Frage habe ich: Geht's Ihnen noch gut?«

Beide starren mich an, der hintere mit offenem Mund. Das »Wie können Sie es wagen?« sitzt unausgesprochen auf seinen Lippen.

»Wie bitte?« fragt der Vordere.

»Wie gesagt, ich konnte nicht überhören, was Sie da grade von sich gegeben haben. Was bitte haben Sie für ein Problem?«

Ich spüre, ich bin sauer. Echt sauer.

»Wir haben gar kein Problem. Aber das wird man ja wohl noch sagen dürfen!«

Oha, sie gehen in die Defensive – und dann mit einem solchen Spruch. Welche Steilvorlage.

»Das wird man ja wohl noch sagen dürfen – das Mantra kenne ich ja eher aus dem ultrarechten Umfeld, nicht von Bankern.«

Meine berufliche Vermutung hat ins Schwarze getroffen, das sehe ich beiden an.

»Wer sowas sagt, muss auch Gegenwind ertragen können«, sage ich. »Ansonsten behalten Sie Ihre unpassenden Kommentare vielleicht besser für sich.«

Mein Vordermann beugt sich auf den Gang, dreht sich halb zu uns, klatscht lautlos und dreht sich zurück.

Ich weiß nicht, wie viele Mitreisende etwas mitbekommen haben, denn unsere Unterhaltung war halblaut. Es ist mir auch egal. Was ich sagen wollte, habe ich gesagt, und damit ist das Thema eigentlich für mich durch. Allerdings sehe ich bei einem Rundumblick, dass einige der Fahrgäste um uns herum offenbar sowohl die Aussagen der beiden Banker als auch unseren Disput mitbekommen haben.

Ich möchte eines klarstellen: Dieses Erlebnis schildere ich nicht, weil ich ein toller Hecht bin oder für solch einen gehalten werden möchte. Bin ich nicht, möchte ich nicht, brauche ich nicht. Ehrlich gesagt habe ich lange überlegt, ob ich es in mein Buch aufnehmen soll. Mir geht es einzig und allein darum, dass bei solchen dämlichen Kommentaren gegengehalten werden muss. Es gibt zu viele, die wegschauen, weghören, sich nicht einmischen. Schade, dass so wenige Menschen einen Arsch in der Hose haben, um es mal ganz platt auf gut Deutsch zu sagen.

An dieser Stelle möchte ich von Herzen **Danke** sagen an alle, die sich jeden Tag und jede Nacht für uns und unser aller Sicherheit aufopfern.

# Wer ist hier behindert?

In jedem ICE gibt es speziell gekennzeichnete Sitzplätze für Schwerbehinderte. Diese werden vor allem in vollen Zügen auch von Menschen ohne Behinderung in Anspruch genommen, was ja auch grundsätzlich erst mal kein Problem ist. Eigentlich sollte aber doch klar sein, dass ein solcher Sitzplatz geräumt wird, wenn ein Mensch mit Behinderung den Anspruch hierauf erhebt. Meistens passiert das wohl auch problemlos – aber nicht immer.

Der morgendliche ICE fährt halbleer in Köln ab, den Reservierungsanzeigen nach wird sich das aber bis Berlin ändern. Unterwegs steigt ein älterer Mann zu und spricht den Mittdreißiger im modisch karierten Sakko an, der mit Kopfhörern und Notebook völlig in sich versunken auf dem für Schwerbehinderte reservierten Sitzplatz sitzt. Karo reagiert nicht, bis ihn der Ältere kurz an die Schulter tippt. Der Sakkoträger reißt sich die Kopfhörer herunter, dreht sich schlagartig zu dem anderen Mann um und sagt ziemlich laut und spürbar genervt:

»Was?«

Der Ältere lässt sich nicht beeindrucken, zeigt seinen Schwerbehindertenausweis, zeigt auf das entsprechende Symbol an der Wagenwand und erklärt sein Anliegen. Der Angesprochene bleibt sitzen und reagiert deutlich unwillig:

»Setzen Sie sich doch woanders hin! Ist doch alles frei!«

— »Die anderen Sitzplätze sind reserviert, und dieser Platz ist für Schwerbehinderte.« Der Ältere bleibt freundlich und geduldig. Anders als sein Gesprächspartner.

»Das ist doch nicht mein Problem«, echauffiert er sich. »Ich sitze hier, und fertig. Dann müssen Sie halt wechseln, wenn jemand kommt.« Er setzt seine Kopfhörer auf und wendet sich wieder seiner Arbeit zu. Den Älteren mit seinem Schwerbehindertenausweis lässt er stehen wie einen dummen Jungen.

Ich sitze schräg gegenüber und denke grade darüber nach, ob ich mich einmischen soll. Genau das tut aber nun ein anderer Fahrgast, der Karo laut und deutlich anspricht.

»Nun hören Sie auf mit dem Blödsinn und machen Sie den Sitz für den Mann frei!«

Karo schaut ihn etwas irritiert an und zieht erneut den Kopfhörer herunter.

»Machen Sie doch *Ihren* Platz frei, wenn es Ihnen so wichtig ist! Was mischen Sie sich hier überhaupt ein? Ich saß zuerst hier und bleibe hier sitzen.«

Der Angesprochene sitzt in der Reihe vor mir und reagiert prompt.

»*Sie* sitzen auf dem für Schwerbehinderte reservierten Platz, nicht ich.«

Karo hört gar nicht mehr zu, er hat seine Kopfhörer wieder aufgesetzt und starrt auf das Display seines Notebooks. Ich entschließe mich, meinen Sitzplatz dem Älteren anzubieten und das Theater fortzusetzen, wenn der Zugbegleiter vorbeikommt. Genau der kommt aber in diesem Moment in unseren Wagen, offenbar wurde er von einem anderen Fahrgast herbeigeholt. Er spricht Karo an und bittet um dessen Fahrschein. Karo schaut ihn genervt an, zückt sein Handy und zeigt seinen Ticketcode. Der Zugbegleiter scannt ihn und spricht Karo erneut an.

»Sie sitzen auf einem für Menschen mit Schwerbehinderung reservierten Sitzplatz. Dieser Herr -« Er zeigt auf den älteren Mann - »hat sich Ihnen gegenüber wohl als schwerbehindert zu erkennen gegeben. Bitte machen Sie den Platz für ihn frei.«

Karo, deutlichst genervt, schaut abwechselnd den Zugbegleiter und den älteren Mann neben ihm an.

»Wer sagt Ihnen denn, dass ich nicht schwerbehindert bin?«

Der Zugbegleiter bleibt gelassen.

»Haben Sie einen entsprechenden Nachweis?«

Karo verdreht die Augen.

»Brauche ich den? Bin ich hier in einer verdammten Behindertenkontrolle, oder was? Wenn ich sage, dass ich behindert bin, bin ich behindert.«

Im gleichen Moment wird ihm offenbar bewusst, was er da grade gesagt hat. Vielleicht liegt es aber auch an dem Auflachen, das quer durch den Wagen geht. Der Zugbegleiter bleibt konsequent.

»Dieser Herr kann seine Behinderung nachweisen, ich bitte Sie nochmals, den Platz freizumachen. Zum anderen bitte ich Sie, Ihren Ton zu mäßigen.«

Karo gibt noch nicht kampflos auf.

»Und wo soll ich dann sitzen?« Du armes Tucktuck, denke ich mir nur. Was für ein Lappen. Der Tonfall des Zugbegleiters bleibt höflich, aber bestimmt.

»Sie werden sicherlich irgendwo noch einen Sitzplatz finden, ansonsten empfehle ich künftig eine Reservierung. Nun aber – bitte!«

Karo gibt auf. Er schnappt sich seine Sachen, steht auf und setzt sich auf einen freien Platz zwei Reihen hinter mir. Den darf er bis Berlin übrigens noch zweimal wechseln – Reservierung sei Dank.

# +++ Durchsage +++

Da stehe ich im Kölner Hauptbahnhof und höre nacheinander von fünf (!) Bahnsteigen die Durchsage, dass es zu Verspätungen wegen »technischer Probleme am Zug« kommt. Ohne Worte.

Eine weitere Durchsage: »*Aufgrund Gleisänderung fährt auf Gleis 7 ein der ICE nach...*« Ende der Durchsage. Erneuter Versuch: »*Aufgrund Gleisänderung fährt auf Gleis 7 nun nicht ein der ICE nach München... sondern stattdessen ein anderer Zug.*« Vielen Dank für diese aussagekräftige Information. Da scheint leichtes Chaos zu herrschen. Schnee und Corona-Hysterie an einem Tag – das überfordert die Bahn wohl völlig.

# Locke

Ruhe im Ruheabteil des ICE. Echte Ruhe. Gigantisch, ich kann mich wirklich auf meine Arbeit konzentrieren und komme gut voran. Anderen geht es offenbar genauso, wie ich sehe. Selten genug, also: Ausnutzen.

Wir hören ihn alle schon von weitem, als er in Mannheim zusteigt. Etliche Köpfe schnellen nach oben, als uns aus Richtung Waggontüre ein mit schriller, lauter Stimme geführter Monolog entgegenschallt. Was mir sofort unangenehm auffällt (neben der Lautstärke): Ein grauenhafter Denglisch-Mix.

Es naht ein Mittdreißiger in Jeans und angesagtem Labelshirt mit Rucksack und dem üblichen Rimowa-Koffer. Auf dem dicht gelockten Kopf thront ein überdimensionales Headset, in das unser neuer Mitreisender fast pausenlos hineinbrüllt. Er steuert zielgerichtet den soeben frei gewordenen Zweiertisch an, schmeißt Koffer und Rucksack auf den einen Sitz und lässt sich wie ein nasser Sack in den anderen fallen. Sein Gespräch unterbricht er keine Sekunde, schaut aus dem Fenster und redet ununterbrochen. Ich frage mich, ob er vielleicht irgendjemandem gerade die Mailbox vollquatscht, denn sein Gesprächspartner kommt offensichtlich nicht oder nur kaum zu Wort.

Der Zug rollt an, Locke telefoniert weiterhin fleißig und lautstark vor sich hin. Dass er im Ruhebereich sitzt, hat er entweder nicht wahrgenommen, oder es interessiert ihn nicht. Reserviert hat er seinen Platz nicht, zumindest ist die Anzeige leer.

Es dauert keine drei Minuten, bis ihn der erste Mitfahrer von schräg gegenüber mit eindeutigem Fingerzeig auf die deutlich lesbare Beschriftung *Ruhebereich* hinweist. Locke schaut ihn nur mit leerem Blick an und redet ununterbrochen weiter.

Etwa zehn Minuten später der nächste Versuch. Ein genervter Fahrgast knallt seinen Laptop zu, steht auf, stellt sich neben Locke und tippt mit seinem Finger deutlich auf die *Ruhebereich*-Banderole oberhalb des Fensters. Er schaut Locke böse an, setzt sich wieder und öffnet seinen Laptop.

»Hier scheinen manche etwas unentspannt zu sein«, vernehme ich plötzlich von Locke, der aus dem Fenster schaut und weiterhin sein Headset quält. »Ja, ja...« – kurze Pause, er scheint tatsächlich jemandem zuzuhören – »... mir Vorschriften machen

wollen, ja ja...« – und weiter geht's in feinstem Deng-
lisch.

Plötzlich unterbricht Locke seinen Monolog und
fummelt an seinem Headset herum.

»Hallo? Hallo?«

Die Verbindung ist offenbar unterbrochen. Locke
schaut auf sein Smartphone, tastet weiter an seinem
Headset herum, versucht, wieder einen Anruf aufzu-
bauen, runzelt die Stirn.

Nicht nur ich, sondern alle um ihn herum be-
obachten ihn – entweder mit direktem Blick oder
aus den Augenwinkeln. Fast alle haben ein Schmunzeln im Gesicht. Alle, außer einem rothaarigen jungen Mann im T-Shirt, der auf dem Platz hinter Locke
sitzt. Er grinst breit und steckt sein Tablet weg.

Locke versucht weiterhin, sein Headset in Gang
zu bringen, aber es funktioniert nicht. Auch sein
iPhone scheint irgendwie gestört zu sein. Er steht
auf, flucht, geht den Gang entlang bis zur Tür,
kommt zurück, schnappt sich seinen Koffer und seinen Rucksack und verschwindet.

Der Rothaarige und sein Sitznachbar über den
Gang grinsen sich an, klatschen sich ab und lachen
kurz. Keine Ahnung, was hier gerade passiert ist,

aber ich werde den Verdacht nicht los, dass sie etwas damit zu tun haben.

Danke dafür.

## Mutti & Jürgen

Kaum was los im ICE aus Leipzig. Ich genieße die Ruhe und lese ein Buch. Der freundliche Servicemitarbeiter hat mich mit Kaffee versorgt, wir sind pünktlich unterwegs – alles perfekt.

Irgendwo – dank meiner Lektüre bin ich gut abgelenkt – steigt ein interessantes Pärchen ein. Sie, locker Mitte der Siebzig, schaut sich jedes Reservierungsschild einzeln an, er – um die Vierzig – schlappt mit einem riesigen rosafarbenen Hartschalenkoffer hinter ihr her. Sie mit Hut und im edlen Mantel mit Handschuhen, er im Sakko mit Hemd, altmodischer Krawatte und Chinos. Die Reihe hinter mir ist dann offensichtlich die richtige, und Madame scheucht ihren Begleiter mit dem Koffer zur nächsten Gepäckablage.

»Stell ihn dort ab, dann ziehst du deine Jacke aus und setzt dich hierher.«

Die Antwort lässt mich augenblicklich schmunzeln.

»Ja, Mutti.«

Mutti hat sich inzwischen niedergelassen, der Sohn gesellt sich kurze Zeit später zu ihr.

»Hier wird doch am Platz serviert«, konstatiert Mutti hinter mir. Offenbar liest sie sich grade in die Speisekarte ein.

— »Ja, Mutti.«

Ich werde mein Grinsen nicht los.

»Ich denke, ich werde ein Wasser nehmen und eine Kleinigkeit zu essen.« Mutti raschelt mit der Karte.

— »Ja, Mutti.«

»Möchtest du auch etwas?«

— »Nein, Mutti.«

»Auch nichts zu trinken?«

— »Nein, Mutti.«

»Du kannst auch gerne eine Cola trinken. Die magst du doch so gerne.«

Ich muss an mich halten, um nicht loszulachen.

— »Nein, danke, Mutti. Ich möchte nichts.«

»Mein Junge, du musst doch was trinken! Hast du heute überhaupt schon was getrunken?«

— »Ja, Mutti. Ein Wasser und den Kaffee vorhin im Café.«

»Ach ja.« Mutti erinnert sich. »Aber das ist doch viel zu wenig. Und Kaffee entwässert ja auch.«

Die Zugbegleiterin erscheint und fragt nach den Fahrscheinen. Mutti sucht offenbar kurz in ihrer Handtasche und zieht etwas hervor. Offenbar ihre Tickets, ich höre hinter mir das typische Geräusch der Kontrollzange auf Papier.

»Wir möchten auch gerne etwas bestellen«, sagt Mutti zu der Zugbegleiterin.

»Gerne, der Kollege kommt gleich zu Ihnen«, antwortet die Zugbegleiterin freundlich, und setzt ihren Weg fort.

»Na, meine Bestellung hätte sie ja wenigstens schon einmal aufnehmen können«, nörgelt Mutti. »Immerhin sind wir ja hier in der 1. Klasse.«

— »Da kommt gleich jemand, Mutti.«

»Das habe ich gehört, Jürgen. Ich bin ja nicht taub«, echauffiert sich Mutti. »Aber man lässt seine Gäste nicht warten.«

— »Ja, Mutti.«

Ich klappe mein Buch zu. Das hier entwickelt sich zur Comedy, das darf ich nicht verpassen.

»Jürgen?«

— »Ja, Mutti?«

»Bitte suche mal nach dem Kellner.«

— »Er kommt doch gleich, sagte die Schaffnerin.«

»Jürgen, bitte! Widersprich mir nicht!«

Ich muss wirklich an mich halten. Dem Mitreisenden schräg vor mir auf der anderen Gangseite geht es offensichtlich nicht anders. Sein Mund zuckt, und er wischt sich mit dem Taschentuch über die Augen.

Jürgen ist inzwischen aufgestanden und nach hinten verschwunden, Richtung Bordrestaurant. Kurze Zeit später taucht er wieder auf.

— »Er kommt jetzt gleich, Mutti.«

»Wer?«

— »Der Ober.«

»Hast du ihm nicht meine Bestellung aufgegeben?«

— »Ich weiß doch gar nicht, was du haben möchtest, Mutti!«

»Du sollst mir nicht immer wiedersprechen, Jürgen! Wie oft habe ich dir das schon gesagt?!«

— »Ja, Mutti.«

Kleinlaut setzt sich Jürgen wieder auf seinen Platz. Ein Servicemitarbeiter erscheint wie auf Kommando und fragt nach Wünschen aus dem Bordrestaurant.

»Junger Mann«, beginnt Mutti. »Ich hätte gerne ein Mineralwasser. Haben Sie San Pellegrino?«

»Bedauere. Wir haben Adelholzener classic oder Naturell.«

Mutti ist irritiert. Schon wieder jemand, der Widerworte gibt. Unfassbar.

»Sie haben kein San Pellegrino?«

— »Wie gesagt – nein.«

»Dann nehme ich dieses Mineralwasser, das Sie gesagt haben. Ist das gut?«

— »Es ist Mineralwasser.«

Ich bewundere die Geduld der Bahnmitarbeitenden. Immer und immer wieder.

»Ja, aber ist es ein gutes Mineralwasser?«

— »Ich bin mir sicher, wenn es nicht gut wäre, hätten wir es nicht im Angebot.«

Diplomatie ist alles.

»Dann nehme ich das.«

— »Classic oder Naturell?«

»Wie bitte?« Mutti ist wieder irritiert.

— »Mit oder ohne Kohlensäure?«

»Spritzig. Mit. Und was können Sie mir heute von der Karte empfehlen?«

— »Ich kann Ihnen alles empfehlen. Möchten Sie denn eher etwas Deftigeres oder eher eine Kleinigkeit?«

»Eine Kleinigkeit. Etwas Leichtes wäre gut.«

— »Wie wäre es mit einem Salat?«

Mutti scheint angetan, es folgt ein kurzer, aber belangloser Austausch über die Zusammenstellung und das Dressing.

»Darf es sonst noch etwas sein? Für den Herrn auch etwas?«

»Nein, danke.« Jürgen ist auch noch da.

»Doch, für meinen Jungen bitte eine Cola. Er trinkt mir zu wenig.«

Und das ist der Moment, wo der Mitreisende schräg gegenüber nicht mehr an sich halten kann und einmal kurz los prustet. Ich kann grade noch an mich halten.

Kurze Zeit später werden der Salat und die Getränke serviert.

»Möchtest du wirklich nichts essen?« Mutti gibt nicht auf.

— »Nein, Mutti. Danke.«

»Aber nicht, dass du nachher wieder irgendwo so eine fette Currywurst in dich reinschlingst! Das ist nicht gesund.«

— »Nein, Mutti.«

Es wird eine kurze Zeit lang ruhig, Mutti ist mit ihrem Salat beschäftigt. Jürgen widmet sich dem Rascheln nach offenbar einer Zeitung.

»Du trinkst deine Cola ja gar nicht.«

— »Ich wollte auch gar keine Cola, Mutti. Ich bin nicht durstig.«

»Du musst was trinken, Jürgen. Nicht dass du mir sonst umfällst. Und hör auf, mir ständig Widerworte zu geben.«

— »Nein, Mutti. Ja, Mutti.«

Ich habe Lachtränen in den Augen. Stand up Comedy vom Feinsten.

»Was liest du denn da eigentlich die ganze Zeit?«

Mutti scheint mit ihrem Salat fertig zu sein.

— »Die Zeitung, Mutti.«

»Das sehe ich, Jürgen. Ich bin ja nicht von gestern. Aber *was* liest du?«

— »Einen Bericht über den Zustand der Bundeswehr, Mutti.«

Das ständige Satzanhängsel erinnert mich irgendwie an die amerikanischen Streitkräfte: Yes, Sir. No, Ma'am.

»Muss das denn sein?« nörgelt Mutti. »Gibt es da nichts Interessanteres? Du könntest deiner Mutter ja was vorlesen.«

Der Herr bewahre uns davor.

— »Ich weiß nicht, ob die anderen Reisenden das nicht stören würde, Mutti«, argumentiert Jürgen messerscharf und mit deutlich hörbarer Zurückhaltung.

»Ach was, warum sollte sich denn jemand gestört fühlen«, echauffiert sich Mutti. »Komm, sei ein guter Junge!«

Krampfhaftes Körperschütteln schräg gegenüber.

Jürgen beginnt, Mutti einen Artikel über die wachsende chinesische Industrie vorzulesen. Seine Lesestimme ist monoton und ohne jeden Ausdruck. Will er sein Umfeld einschläfern? Nach kurzer Zeit drehe ich mich nach hinten.

»Verzeihen Sie die Unterbrechung«, sage ich. »Aber dies ist ein Ruhebereich.« Ich deute auf die entsprechende Aufkleberbanderole oberhalb der Fenster. Jürgen schaut mich geradezu dankbar an, Mutti steht die Empörung im Gesicht. Ich bedanke mich und drehe mich wieder nach vorn.

»Unverschämtheit«, höre ich Mutti leise von hinten. »Da darf ein Junge seiner Mutter nicht einmal einen Zeitungsartikel vorlesen?!«

Jürgen flüstert ihr irgendetwas zu, Mutti flüstert zurück. So geht das eine ganze Zeit, dann ist plötzlich Stille. Kurze Zeit später höre ich sonores Schnarchen von hinten. Mutti ist auf Standby.

Leider muss ich auch kurz darauf aussteigen. Schade eigentlich, ich hätte Mutti und Jürgen noch gerne ein Stück begleitet.

# Ein kleines Dankeschön

Ich möchte nochmals Danke sagen, nämlich...

... allen, die mich inspiriert und bestärkt haben, meine Bahnerlebnisse in dieses Buch zu packen,

... meiner Lektorin und Korrektorin Katja für ihre Mühe, ihre Hinweise, einige Diskussionen und ihre Geduld mit mir,

... allen engagierten und motivierten Mitarbeiterinnen und Mitarbeitern der Deutsche Bahn Gruppe, die trotz aller Widrigkeiten (egal ob naturgegeben oder »von oben« verursacht) jeden Tag ihr Bestes geben, um den Fahrgästen eine sichere und angenehme Reise zu verschaffen,

... allen Mitreisenden, die auch mal über den eigenen Tellerrand schauen und anderen erforderlichenfalls behilflich sind oder Rücksicht nehmen.

Zeitfracht Medien GmbH
Ferdinand-Jühlke-Straße 7
99095 Erfurt, Deutschland
produktsicherheit@kolibri360.de